MEIO AMBIENTE
UMA SÁTIRA

© Copyright 2023

Autor: Zulmara Salvador
Produção e Coordenação Editorial: Oficio das Palavras
Capa e Diagramação: Mariana Fazzeri

_____

Dados Internacionais de Catalogação na Publicação (CIP)
(eDOC BRASIL, Belo Horizonte / MG)

Salvador, Zulmara.

S182m
Meio ambiente: uma sátira / Zulmara Salvador.
São José dos Campos (SP): Oficio das Palavras, 2023.

122 p.: 14 x 21 cm
ISBN 978-65-86892-85-7
1. Ficção brasileira. 2. Leitura brasileira - Contos. I. Título.
CDD B869.3

_____

ZULMARA SALVADOR

Nota da Autora

Este livro é fruto puro de uma imaginação fértil e doentia, sendo uma obra de ficção. Como ficção, qualquer semelhança com personagens, lugares ou situações é mera coincidência e, portanto, que ninguém tente mover ações judiciais contra a autora, porque os lugares, pessoas e fatos mencionados neste livro nunca existiram.

Prefácio

A primeira causa da angústia do ser humano é decorrente da consciência da morte. A segunda decorre da burocracia.

1 As plantas
O cipreste
O jardim do bispo
A Embaúba
Choveu

2 Os bichos
A velha e o papagaio
Chico e Manéco
Cocá
A criança, o cachorro e os galos

3 As pessoas
Rapaz de bem
Terceiro andar
Comunique-se
O furo

1
As plantas

O cipreste

— Alô!

— Pelo amor de deus, o que quer dizer "auto de infração por crime ambiental, cuja penalidade está prevista em lei"?

— Oi, cara, quanto tempo! Tudo bem?

— Mais ou menos. O que quer dizer "auto de infração por crime ambiental, cuja penalidade está prevista em lei"?

— Quer dizer que você pode ser preso ou vai prestar serviços comunitários, ou vai amargar uma multa mais ou menos. Ou as três coisas. Depende. O que você fez?

— Que eu saiba, nada. Plantei umas árvores e, depois, podei.

— Não pode.

— O que não pode? Plantar?

— Nem plantar, nem podar! Tem que ter autorização.

— Mas todo mundo não está fazendo a maior propaganda desse negócio de preservar o verde, e plantar árvores e a tal da sustentabilidade? E, além do mais, não tem aquela história que diz que a gente, para ser uma pessoa completa, tem que ter um filho, escrever um livro e plantar uma árvore? Eu plantei. Esse negócio de ter filho e escrever livro é muito complicado. Fico com a parte das árvores.

— Engraçadinho. Mas sem autorização, não pode. Onde você plantou?

— Na beirinha do córrego que tem atrás de casa. Está todo ferrado. É um esgotão a céu aberto e eu quis fazer um tipo de barreira verde para segurar um pouco os ratos e bloquear a visão da sujeira. Plantei uns pinheirinhos, sabe?

— Você plantou espécies exóticas em APP! Piorou.

— Caramba, o que é isso? APP exótica?

— Vou explicar: APP é Área de Preservação Permanente. Não pode mexer e se for plantar tem que ser com espécies certas, entendeu? Você plantou espécie que não é nativa, é exótica, veio de fora, não faz parte da nossa biodiversidade. Não é a Área de Preservação Permanente que é exótica, é o tipo de árvore que você plantou, entendeu?

— Não. Preservação Permanente do quê?

— Do córrego! É um corpo d'água que tem que ser preservado. Não pode tirar vegetação, nem colocar árvores sem que sejam as certas.

— O que você chama de córrego é um esgoto a céu aberto, cheio de ratos e os barracos estão lá dentro, tudo enfiado na lama. Quem disse que aquilo é um "corpo d'água"? Só tem merda lá!

— Veja bem, todo córrego é um corpo d'água e todo corpo d'água, conforme o tamanho, tem uma área de beirada, que é a Área de Preservação Permanente e que não pode ser mexida. Quanto mais largo o rio, ou corpo d'água, maior a área. Entendeu?

— O rio dos Pinos é um corpo d'água?

— É claro que é!

— Então agora eu entendi: essa tal Área de Preservação Permanente tem que ser asfaltada, né? Que nem a Marginal do rio dos Pinos. Foi isso, plantei e me dei mal. Bem que eu ia fazer um muro e meter cimento. Idiota que eu sou. Tudo bem, amanhã eu arranco tudo e meto cimento!

— Não, você está louco! Tem que ir lá e fazer um TAC, senão, você está ferrado! Vão arrancar o seu couro e você pode mesmo ser preso.

— TAC?

— É, TAC. Termo de Ajustamento de Conduta. Você fez algo errado e, agora, tem que corrigir. Se combinar com eles, talvez cancelem a multa, não te prendam e te deem um tempo para arrumar as coisas.

— Qual conduta eu tenho que ajustar? Eu tenho uma casa que está em uma favela e no meu quintal que dá para o que você chama de "corpo d'água" e eu chamo de esgotão nojento e fedorento – porque não tem coleta pública do esgoto da favela e vai tudo lá para o córrego mesmo – plantei uns pinheirinhos bonitinhos, que são verdes como qualquer árvore e ainda me protegem dos ratos, então eles estavam crescendo meio tortos e eu podei, então chega um cara gordinho aqui e diz que eu tinha que assinar um papel e quando li era esse tal de auto de infração e agora tenho que fazer um TAC? O que significa tudo isso?

— É a legislação!

— Você está começando a me irritar. O córrego não tem mais beira em lugar nenhum, porque está tudo construído em cima dele, então a sua tal de APP já era! O meu quintal é um dos últimos pedaços de beira do córrego e, no bairro inteiro, deve haver umas duas árvores meio sobreviventes em uma ou outra calçada, quando tem calçada. Não tem asfalto, não tem coleta de lixo e eu cometi um crime?

— Cometeu!

— E como o gordinho descobriu?

— Alguém deve ter denunciado!

— Ah, já sei. Foi o vizinho. Aquele filho da puta. Pode deixar, crime por crime, vou resolver o problema do meu jeito. Vou lá fazer um TAC com ele agora mesmo. Tchau.

— Alô! Alô?! Cara, não faz isso! Nossa, esse aí se ferrou de vez!

O jardim do bispo

— Engenheira, já faz um mês e meio que estou com a obra parada, que a senhora não me deixa nem cortar e nem tirar a árvore e levar para outro lugar.

— Não é uma árvore, simplesmente. É uma Arecaceae, do tipo *Roystonea Oleracea*. É uma Palmeira Imperial, plantada, provavelmente, há mais de cem anos. Precisamos transplantá-la em segurança para um local onde se adapte bem.

— Concordo. Mas precisa demorar tanto? A obra do posto de saúde está parada faz todo esse tempo, porque a sua Arecaceae está bem no meio e não deu para contornar mais.

— Não é a "minha" Arecaceae. Essa árvore é um patrimônio da cidade. A questão é que a legislação exige que a transferência seja feita dentro da área de influência do empreendimento e, aqui no bairro, não estamos localizando um local adequado. Precisaria ser em um parque, ou praça.

— Bom, mas então danou-se mesmo, porque no bairro não tem parque, nem praça, nem calçada, nem asfalto, nem escola. Quer dizer, a obra da escola também está parada por causa da Arecaceae, já que seria construída junto ao posto de saúde e o contrato firmado diz que um tem que ser construído depois do outro. Travou tudo e a minha empresa vai quebrar, porque mobilizei um monte de gente e de equipamentos. O prejuízo é incrível!

— Um minutinho, por favor. Tenho que atender o celular. Alô!

...

— Como assim, organizar em três dias uma visita dessas, está maluco?

...

— Ah, sei. O chefe mandou e na área onde vai ser montada a tenda não tem nenhum verdinho. E aí eu tenho que me virar para ajardinar tudo em três dias?

...

— Como assim, árvores grandes? E de onde eu vou tirar árvores grandes? Opa, espera aí. Pelo menos uma vai ter. Já retorno.

— Resolvi o seu problema. Aqui estão as instruções. E o senhor tem dois dias, ou seja, até amanhã, para transplantar a Palmeira.

— "Como assim", digo eu. Até amanhã? Como vou fazer? Que correria é essa agora?

— O bispo vem fazer uma visita e a gente tem que arrumar tudo lá perto da favela do Mata Touro. Com o bispo vem um monte de gente importante e vai ter missa campal e tudo. E diz que o bispo gosta muito de plantas e, como o senhor sabe, aqui no bairro não tem muitas. Pegue as instruções e mãos à obra, rapidinho!

— Espera aí. No papel está dizendo: "1. Realizar poda com no mínimo 30 dias antes do transplantio reduzindo a área foliar em um terço." Se tem que fazer 30 dias antes, vou ter que esperar mais 30 dias! Nossa senhora, dessa eu não sabia. E também não sei o que vem a ser "área foliar".

— Isso é assim, para situações ideais. Quando tem tempo. No caso, corta a crista e pronto. Tenho que ir. Não sei de onde vou tirar flores para plantar o jardim do bispo.

— Não, senhora! Espera aí. Aqui também diz: "2. Executar, por ocasião da poda, a sangria, feita com ferramenta manual, a uma distância de aproximadamente 50 a 80 cm do tronco e com profundidade mínima de 40 cm. Irrigar com abundância". Sangria na árvore? Mas tanta frescura para tirar a árvore e daí eu pego "uma ferramenta manual" e sangro em 50 a 80 cm? Ela vai morrer, não vai, não? Depois joga água em abundância. Nossa, agora até fiquei com dó. Sangrar, depois jogar água. Era melhor cortar logo.

— Não é na árvore! É um tipo de canaleta que se faz em volta da árvore para ela ir se adaptando até quando for tirar, depois de um tempo.

— Mas se tenho que tirar amanhã mesmo? Então ela não vai ter muito tempo para se adaptar. Não parece?

— O senhor está começando a colocar empecilhos.

— Ué?! Mas antes eu não podia tocar na árvore que ia preso. Agora, tenho que sangrar a coitada, que, afinal, o bispo gosta de árvores. Isso me lembra até aqueles filmes de Idade Média "pelo bem do cristão, a gente sangra o irmão".

— O senhor poderia parar com as gracinhas. Vai ter uma dúzia de autoridades junto com o bispo. Tenho que ir.

— Não. Não. Espera aí. Espera aí! E como vou carregar uma coisa daquele tamanho de um dia para o outro? E sangrar? E com que ferramentas?

— Se vira! Assim a sua obra recomeça logo. Eu tenho mesmo que ir.

— Nada disso. Veja aqui. O que significa: "No dia do transplante as raízes mais grossas devem ser cortadas com ferramentas adequadas"? Que ferramentas seriam "adequadas"? E ainda tem mais: "o torrão deve ser trabalhado manualmente de modo a apresentar-se em forma de funil, estreitando-se o diâmetro de acordo com sua profundidade." Torrão de quê e que funil? Meu Deus do céu! E depois, ainda tenho que: "marcar no tronco a indicação da posição da árvore em relação ao norte geográfico". Como assim? Marcar o norte geográfico no tronco da árvore? Primeiro sangra, depois marca. Coitada! E ainda, depois, tenho que: "Providenciar o amarrio do torrão com sacos de aniagem ou similar antes de içá-lo, de modo a mantê-lo firme durante o transporte." Amarrio, içamento, aniagem... Eu pensei que era cavar e tirar a árvore. Uns dois ou três peões colocavam no caminhão e a gente plantava noutro lugar. E pronto. Mas esse seu papel aqui está me deixando muito confuso.

— Me dá isso aqui. O senhor tem razão. No nosso caso, o senhor vai lá e tira a árvore e leva para esse endereço aqui, logo, logo.

— Não era uma Arecaceae? Já virou árvore normal?

— Sem brincadeira. Estamos em uma emergência. Temos que ser práticos. Quando chegar lá, o senhor procura onde estará a estaca que vou colocar agora mesmo e o senhor manda seus operários fazerem a cova. Coloca a árvore, cobre a cova com terra e pronto. E me dá licença que eu tenho que arrumar o jardim do bispo e não tenho a menor ideia de como vou fazer isso. O senhor traz a árvore.

...

— Credo, mas o que é isso?

— Uma ARECACEAE! Ora bolas! Deu um trabalhão para tirar e colocar no caminhão.

— Mas não tem raiz e a copa foi completamente eliminada? Quem fez isso?

— A engenheira falou para eu cortar a crista, tirar do buraco e trazer. Cortar a crista já foi um perereco, porque ela tem 15 metros de altura. Depois, para tirar do buraco, uns cinco peões suaram a camisa e teve que cortar um pouco de raiz, porque senão não saía do chão. Cadê a estaca marcando o local do plantio? A engenheira falou que ia colocar por aqui para enfeitar o jardim do bispo.

— Ai meu Deus. Que serviço. O senhor vai precisar colocar um tutor.

— Tutor? Como assim? Mas parece coisa de igreja antiga mesmo: primeiro sangra, depois marca, depois tem que ter tutor para tomar conta. E se vacilar, inquisição no pobre cristão.

— Mas do que o senhor está falando? Tutor é um tipo de protetor para ela ficar firme. No caso, vai ter que ser bem grande, porque é imensa essa palmeira. A estaca está ali abaixo. Perto da tenda onde vai ser a missa. Vamos lá. Eu indico.

— Mas olha que a engenheira conseguiu umas flores, hein?! Está até bonitinho o jardim do bispo.

— Sei, sei. Seus peões têm que fazer uma cova bem funda. Eu vou procurar umas madeiras para tutor.

...

— Nossa, doutor, mas esse chão aqui é só pedra. Essa área devia ser aterro de entulho. Não dá para cavar nem um metro.

— Bom, paciência. A engenheira falou para fazer o buraco onde estivesse a estaca, colocar a árvore e depois a terra. Agora aquele técnico deu esses paus aqui, e disse que são o tal tutor. Coloca a árvore aí, enche de terra e prende um pau desses de cada lado e vamos embora que precisamos retomar o serviço do posto de saúde. Até que enfim. Nem acredito!

...

— Meus caros irmãos! É com imensa alegria que vejo

todos reunidos nessa linda missa, para inaugurar a pedra fundamental de nossa futura igreja. Aqui presentes, o governador e o prefeito prometeram nos ajudar a empreender mais esta empreitada, em nome de Deus.

Trééc, trééééc.

— Os senhores parlamentares aqui presentes também se comprometeram a apoiar a comunidade na construção do futuro Templo do Senhor, neste lindo local.

Trééééc, Tréééééééc.

— Com o coração cheio de alegria vejo tantos de vocês reunidos a nós para realizarmos juntos essa linda celebração. Pena que a tenda não dê para todos, mas não vai ser esse ventinho, que parece trazer uma chuvinha que vai nos demover de comemorar com Deus nossa missão futura. O verdadeiro cristão não se abate diante das pequenas dificuldades, e o que é um ventinho desses, e umas gotinhas de chuva?!

Tréééééééc, trééééééc, trééééééc. Staaaaaaf!

— Cuidado! Corram! Cooooorram! A árvore está caindo em cima da tenda!

...

— O senhor está sendo indiciado por tentativa de homicídio doloso, com intenção de matar, e mais: talvez seu crime se enquadre na Lei de Crimes Ambientais, e atentado, o que lhe trará muitos problemas.

— Mas a engenheira agrônoma falou para eu colocar a tal Arecaceae naquele lugar, que era para o bispo ter um jardim na cerimônia e eu sou indiciado por homicídio, atentado e crime ambiental? De onde saiu essa ideia ridícula?

— Nossas investigações levam a isso. Sua empreiteira tem vínculos com o partido de oposição e a situação pareceria ideal, não acha? Um acidente quase mata o prefeito e o governador. O pobre bispo é que não tinha nada com isso, e também acabou gravemente ferido.

— Mas eu não tenho vínculo com partido nenhum. Que história é essa? Temos que pagar para todos os partidos. Conforme quem está mandando, senão não tem obra.

— O senhor está se complicando cada vez mais. Sugiro que fique calado. Tudo que o senhor disser pode ser usado contra o senhor. O senhor está preso.

...

— Pai, por que você ficou preso esses dias todos?

— Foram só quatro dias, filho. É que eu plantei uma árvore e ela caiu em cima de uns políticos... e do bispo também, coitado. Mas já passou, agora papai já está em casa.

— Por que a árvore caiu, pai?

— Bom, meu filho, aí é que eu não sei direito. Pode ter sido porque tinha que esfoliar, depois sangrar, e aí fazer um funil com ferramentas adequadas, marcar o norte geográfico e ainda fazer o amarrio do torrão em forma de cone para o içamento, ou coisa assim, mas não deu tempo e a gente colocou ela em um buraco raso, que o terreno do jardim do bispo era meio ruim, sabe? E o tal tutor não segurou a peteca.

— Poxa, pai, não entendi. Que bom que você voltou.

— Nem fala, filho! Lugar horrível aquele. Mas com um pouco de dinheiro, ninguém fica preso muito tempo, não. Vamos ter que vender a casa da praia, mas não faz mal. Depois a gente compra outra, tá bom? Vamos jantar.

A Embaúba

— É o seguinte, meu caro: nós damos apoio a você, você dá apoio para a gente, certo?

— Que tipo de apoio, meu querido? Nosso trabalho tem sido duro e não vejo de ninguém, sequer, elogios em público. Claro, nem nas reuniões de governo. Muito menos em público.

— Vamos lá, deixa de ser chorão. Nunca te pedi nada para mim mesmo. Arruma um campinho de futebol da turma aí. Tá de bom tamanho.

— Campinho de futebol de novo! Já arrumei uns quinhentos na minha vida de prestador de serviços públicos.

— É que dá voto.

— Parabéns! Quando vocês, governo e parlamentares, não conseguem levar educação, saúde, moradia e, é claro, lazer para os eleitores, é melhor arrumar campinho de futebol mesmo, né? Tomem campinho!

— Vamos discutir agora a diferença entre o clientelismo, o socialismo e a social-democracia, ou você vai me ajudar, senhor filósofo?!

— Ajudo, claro. Sempre ajudei.

— Mas dessa vez está reclamando!

— Não é bem reclamação. É saco cheio mesmo. Se me permite o nobre representante parlamentar a expressão chula.

— Permito. É tudo um saco mesmo. A gente sobrevive. Não dá para mudar.

— Se quisessem, daria. Mas deixa. Onde é o campo?

— Na tua área, te mando as referências. Tem que fazer a drenagem. Tá abandonado e os meninos brincam lá sem segurança nenhuma. É plainar, fazer drenagem de canto, arrancar umas galhadas que cresceram por lá. Coisa de um, dois dias de trabalho com a sua turma, que é competente e conhece bem o riscado. Se fosse licitar, demoraria cem anos.

— Passa o endereço. Vou mandar o meu mestre de obras ver.

— Valeu, parceiro.

— De nada, não. Vamos ver. Te ligo.

...

— Oi, chefe, o serviço é fácil. Dá até dó. O campinho era bom. Área pública. Abandonada agora. A gente acerta em uma semana. Tem uns pé de pau que cresceu lá e os menino joga bola desviando. Dá dó mesmo. Serviço fácil. Já falei. Fácil mesmo: um dia de máquina e três peão para ajeitar o terreno. O caro é a grama, mas nem tanto. O campo é pequeno. Mais um dia para pôr a grama e bater um pipa molhando, fica lindo. Tira os pé de pau que tão no meio do campo e fica fácil de plainar.

— Ok. Manda bala. Resolve logo, que a eleição já é no mês que vem.

...

— Pode-se saber o que os senhores estão fazendo? Onde está a autorização para a remoção das árvores?

— O senhorito é quem, mesmo?

— Senhorito, não, meu senhor! Eu sou fiscal municipal e o senhor está removendo uma espécie arbórea chamada EMBAÚBA. Não é nativa, mas não pode mexer sem autorização. Além disso, estão movimentando solo e tudo mais...

— Sei. Mas isso é um campinho de futebol público para lazer das criança do bairro e os senhores fiscal municipal nunca vieram aqui para ver que ele tava abandonado e a criançada tava começando a ter que bater bola com a tal EMBAÚBA de zagueiro, não é mesmo?

— Onde está a autorização de movimentação de terra, de remoção de vegetação e de plantio de grama em área pública? Afinal, esse caminhão de grama aí deve ser para plantar.

— Eu tenho vontade de dizer, mas não posso.

— Como assim? O senhor tem obrigação de dizer.

— É. Ele não entendeu a piada... Se eu disser, vai eu, o caminhão, a grama, a EMBAÚBA, tudo em cana.

— O senhor poderia parar de resmungar e responder a minha pergunta?

— Espera aí, eu vou telefonar. Se eu responder o que quero para o senhor fiscal municipal, como diz o meu filho: "o bicho vai pegá".

— Não entendo. Eu sou autoridade e o senhor está começando a criar óbices ao meu serviço. As autuações pelos crimes ambientais que estou verificando aqui podem chegar a uns cem mil.

— Espera aí. Eu sou só o peão. Vou ligar.

— Oi chefe, tem um cara aqui que é fiscal municipal e diz que não pode fazer o serviço que a gente tá fazendo sem autorização. E que as coisa que tamo fazendo aqui podem dar multa de uns cem mil. E agora?

...

— Chefe?

— Sabe mestre, nós vivemos em um mundo engraçado. Eu gostaria que as coisas fossem diferentes. Certamente eu ganharia até mais dinheiro com meu trabalho, porque saberia no que estou gastando. Mas não é assim. Dane-se. As crianças daí do campo vão ter, agora, que chutar bola em uma lama maior que antes. Você já mexeu, né?

— Claro, faltava só pôr a grama. E tirar as galhadas que estavam no meio, né?

— Nem olha para a cara do tal sujeito. Levanta acampamento e sai andando. Deixa ele parado lá que nem poste.

Deixa o campo como está e retire todas as máquinas, todo mundo. Sobretudo, não receba nenhum papel da mão dele. Saia daí agora. Coitadas das crianças... Elas é que sempre pagam o pato, no final.

Choveu

E choveu muito! Aliás, todo ano chove. É coisa da natureza, o que vem a ser a pura verdade, uma vez que a chuva é um dos elementos da natureza fundamentais para a vida, porque traz, obviamente, a água. Esta, por sua vez, irriga as plantações, molha os quintais, alegra as criações, que ficam felizes de se banharem e ter tudo fresquinho para comer, e também repõe a água nos rios, lava a sujeira das ruas e enche os reservatórios para todo mundo na cidade. Graças a Deus que chove!

— Meu filho, você tem que ajudar com essa sua máquina!

— Mas, senhor prefeito, eu só trabalho contratado, em lugar que as empresas têm licença para mexer em terra e em rio. Tem umas leis que se a gente mexer em rio, a gente é preso.

— Nós estamos com todo mundo debaixo d'água porque o córrego estava sujo, imundo, entupido e caiu esse chuvão e alagou tudo. Precisa passar a máquina no córrego e as máquinas da prefeitura estão todas encrencadas, embargadas ou emprestadas para uns amigos, em lugar longe daqui. Você vai lá, limpa o córrego e tudo bem. Eu é que estou mandando. Afinal, eu sou o prefeito!

— É bonito. O senhor empresta as máquinas daqui para uns amigos de fora e o rio fica todo entupido, daí chove e alaga tudo, e se eu for lá, vem aqueles caras da ambiental, que não obedecem nem prefeito e eu é que me ferro? Bom mesmo, né?

— Sem impertinências, e, ainda por cima, onde fica sua solidariedade? São seus vizinhos que estão lá. Se não desobstruir o rio, a água vai demorar um século para descer e eles vão perder mais do que já perderam.

— Mas tem outro probleminha, senhor prefeito, eu não sou engenheiro. Como disse, só trabalho para empresas e elas sempre colocam um ou mais caras que sabem o que tenho que fazer para me acompanhar. Eu só obedeço. Quem vai ser o responsável e me dizer o que eu tenho que fazer?

— Bom, bom. Está começando a ficar melhor. Eu arranjo um técnico para acompanhar você.

— E tem que ter um papel dizendo que o senhor é que me mandou mexer lá, com a sua assinatura.

— O técnico assina. Espere aí, que ele já vem.

...

— O prefeito me falou que você topou. Vamos pegar a sua máquina. Eu acompanho, vamos logo. O pessoal está começando a queimar pneu em todo canto e a imprensa está chegando. Isso suja a barra do prefeito.

— Se ele não tivesse emprestado as máquinas pros amigos dele de não sei onde, eu estava aqui já cuidando de bastante problema, ajudando meus vizinhos, com as mãos mesmo, a recolher as tralhas molhadas. Aliás, minha casa detonou com as chuvas. Caiu o teto. Cadê o papel assinado pelo prefeito?

— Pare de reclamar, tem gente pior do que você. Vamos logo!

— Cadê o papel?

— Depois passo. Vamos logo!

...

— Meu Deus! Engenheiro, isso aí está cheio de árvores. Como eu vou entrar com a máquina sem pegar as árvores?

— Já falei que sou técnico. Que saco esse negócio de me chamar de engenheiro o tempo todo. Não tem engenheiro na prefeitura. Vamos embora, passa por cima e limpa essa merda de córrego logo.

— Não é merda de córrego, é córrego de merda! Vocês não tiram o esgoto daí, não limpam o córrego porque "as máquinas estão encrencadas, embargadas ou emprestadas", como disse o prefeito. Não é merda de córrego, é merda pura mesmo! Vocês avisaram o pessoal da ambiental que vão mexer no córrego?

– Tudo isso é situação emergencial. Não precisa avisar nada. Vai, mete essa máquina logo aí! Estão me chamando no rádio. Vai limpando. Eu já volto.

...

— Com autorização de quem o senhor está mexendo no córrego?

— Essa não. Eu sabia! No meio dessa confusão toda, um monte de gente desabrigado, machucado, afogado na lama e vocês vêm aqui em vez de estar ajudando as pessoas?

— Onde está a autorização para as obras no córrego? E quem autorizou a derrubar essas árvores aqui?

— O prefeito mandou eu vir e fazer o serviço, que alagou tudo porque o córrego está todo estropiado e "as máquinas da prefeitura estão encrencadas, embargadas ou emprestadas". E tinha o técnico da prefeitura aqui, que sumiu. Estou fazendo por solidariedade, o pessoal tá com água até o teto.

— Mas não tem prefeito que possa tirar árvore e fazer obras no córrego sem a autorização do Departamento de Obras em Córregos e do Departamento de Corte de Árvores. O senhor tem os papéis aí?

— Mas eu não estou explicando que foi uma emergência e o prefeito falou que ele é quem manda e eu vim? Não tem papel, pergunte para ele. Estou só ajudando, caramba!

— O senhor está preso e a sua máquina será confiscada. Qualquer coisa que disser pode ser usado contra o senhor no processo por crime de corte de árvores e obras em córrego sem autorização.

— Meu filho, onde você mora? Vira para trás e olha a situação das casas! A água chegou no teto. Se eu não tirasse essas árvores, como eu ia passar com a máquina para limpar o córrego? Eu não estou fazendo obra nenhuma, estou limpando para a água escorrer e baixar, para o pessoal começar a tirar a lama das casas. Olha lá as casas. Olha, bem atrás de você. Tem criança em hospital, velho que teve infarto. A água levou tudo porque ninguém limpa essa merda de córrego e eu estou limpando e vou ser preso? Essa é muito boa! Vai lá falar com o técnico da prefeitura e com o prefeito. Eles é que mandaram eu vir aqui, mas que coisa de louco!

— Sua situação pode ficar pior, porque isso é desacato a agente policial ambiental. Vire-se, vou algemá-lo.

— Ah, mas não viro mesmo, nem fodendo que você vai me colocar isso no braço. Eu estou trabalhando porque o prefeito pediu, não dá para entender? E as pessoas estão afogadas e você quer me prender porque, para ajudar mais de 100, 200 pessoas que moram aí, eu tive que tirar umas árvores e estou limpando a merda do córrego que vocês, que são da ambiental e a prefeitura, aliás, ninguém nunca limpa. Mas você não encosta em mim, não mesmo, que eu meto essa máquina no seu carrão verde e arrebento tudo, e aí sim quero ver quem é valente aqui!

— Alô! Central?! Solicito reforço, pois um meliante que arrancou árvores e encontra-se executando obras sem autorização dentro de um córrego, está resistindo à prisão e ameaçando agente público em serviço que, no caso, sou eu mesmo. Mandem reforço, por favor. Rápido que ele está entrando na máquina. Ei, espere aí! O que você está fazendo?

— Meliante é a senhora sua mãe, seu filho da puta, que

eu trabalho que nem um cachorro para viver e você quer me prender e confiscar a minha máquina? Ah! Não vai mesmo!

...

— Seu prefeito, eu fiquei preso um ano e meio, confiscaram a minha máquina, que era meu ganha-pão, porque fui na sua onda e coloquei ela lá para limpar o córrego e aquele cara disse que eu era meliante e fiquei nervoso e arrebentei a viatura dele. Agora o senhor precisa me dar uma força. Eu tenho que trabalhar e não tenho mais a minha máquina.

— O problema é que aqui as máquinas que você sabe operar estão encrencadas, embargadas ou emprestadas e, além do mais, pelo bem do serviço público, só podemos contratar concursados e você não tem concurso. Não seria correto de minha parte lhe dar emprego para operar máquinas que não existem e, ainda por cima, sem concurso, entende?

— Olha, na cadeia eu tinha o que comer, apesar do ambiente não ser aquelas coisas. Se o senhor não me arruma emprego, eu vou viver do quê? Hein?! Me diga!

— Vou ver se eu consigo lhe inscrever em um programa de apoio a egressos do sistema prisional. Enquanto isso, quem sabe se você arruma algum bico, não é mesmo?

— Ingresso de quê?

— Não é ingresso, é egresso. Criminosos que saem da cadeia podem se beneficiar de um programa para serem reinseridos na sociedade, entende?

— E quem é criminoso aqui!?!?

— Calma, se você se aproximar de mim eu chamo os seguranças e a sua situação vai ficar ruim.

— Pois pior que está não fica, não, seu nojento. Na cadeia eu convivia com gente mais honesta do que você, seu corno safado! Egresso é a puta que o pariu.

— Socorro! Socorro!

Os bichos

2

A velha e o papagaio

— Doutora, a senhora não está entendendo, a minha cliente tem 82 anos e cria este papagaio faz mais de 20 anos!

— Por meio de denúncia crime, esta ave nativa foi encontrada em cativeiro considerado ilegal, uma vez que não foi apresentada a devida documentação de identidade da ave e, assim, a ave foi recolhida.

— Mas o louro é da casa, ele vive bem e feliz ali já faz muito tempo.

— Sua cliente deverá responder a processo por cativeiro ilegal de animal silvestre e pode ser submetida a uma pena de seis meses de detenção, no regime aberto, que, conforme avaliado pelo juiz, pode ser substituída por sanção restritiva de direito, ou seja, prestação de serviços à comunidade, por um período que ele determinar. Mas crime é crime, meu caro, e não importa a idade do criminoso e nem a idade da vítima, concorda?

— Ocorre que a minha cliente está no hospital. Ela teve uma crise nervosa e o coração falhou quando soube que poderiam sacrificar o louro.

— Ah, sim, sim. Isso é outro problema. Recolhida a ave, haverá uma avaliação dos biólogos para verificar a viabilidade de sua reinserção na natureza. Caso não seja possível, por ela não mais possuir as condições de aprender a viver na mata, ela deverá ser sacrificada.

— Eu nunca vi na minha vida uma legislação que mata a vítima e, de tabela, pode matar também aquele que cometeu a infração, já que a minha cliente está realmente em choque, no hospital. E convenhamos, doutora, não se trata de um crime, mas de uma atitude ingênua, de criar uma ave e isso já faz quase 20 anos. No máximo, é uma infração!

— Não, senhor. É crime ambiental, conforme determinado em lei.

— Matar o papagaio não é crime ambiental também?

— Não se trata de "matar o papagaio", como o senhor diz. Coloquemos os termos devidos nos atos promovidos pelo Estado para garantir o cumprimento da lei, meu caro doutor. Trata-se de sacrificar a ave, tendo como pressuposto que sua vida em cativeiro não é natural e, assim, a atitude visa a proteger o animal.

— Seria muito bom perguntar para o louro. Ele fala bem. Pergunte a ele quem é a mamãe. É a minha cliente, ele fala direitinho. Pede café e adora ver a novela no ombro da minha cliente. Pergunte para ele se ele prefere uma injeçãozinha ou um biscoito com café. Por favor, pergunte!

— O senhor está passando dos limites dentro desta instituição e posso prendê-lo por desacato.

— Doutora, se o bicho não pode mais viver na mata e vivia tão bem na casa da minha cliente, me explica por que ele tem que ser sacrificado?

— Os procedimentos regulamentadores da lei assim o estabelecem.

— A senhora tem cachorro?

— Que pergunta impertinente e improcedente é essa agora?

— Os cães, como todos os animais, um dia foram silvestres, mas aí os seres humanos os domesticaram e eles viraram os "melhores amigos do homem" e todo mundo tem cachorro, põe roupinha, leva para pentear, leva para passear, cata o cocô com as mãos em um plastiquinho nojento, sai para trabalhar e deixa os cães sozinhos em casa o dia todo latindo como loucos e nada disso é crime ambiental.

— Mas os cães, meu caro doutor, não são mais, efetivamente, animais silvestres faz bastante tempo, antes mesmo de a lei de crimes contra animais silvestres ser instituída, entendeu agora?

— Entendi, sim. E a tal lei foi instituída antes ou depois de a minha cliente começar a cuidar do louro na casa dela?

— Bem, isso é uma pergunta procedente. A lei tem apenas 15 anos.

— Minha cara doutora, a minha cliente nunca deixou o louro sozinho em casa mais de meia hora, só para ir ao mercado ou ao médico, nos 20 anos em que cuidou dele. E se faz 20 anos que ela tem o louro em casa, ocorreu antes da vigência da lei. Está correto?

— Sim, doutor, creio que esse dado está correto.

— Seria correto imputar crime a um ato cometido antes de a legislação designá-lo como crime?

— Não, doutor, creio que não seria correto no caso, já que a lei não estabelece retroatividade para os atos cometidos antes de sua promulgação.

— A senhora poderia então, da simples constatação, exarar imediatamente um *habeas corpus,* ou seja lá o nome que se dá para o documento de libertar louros das mãos do Estado, antes que algum biólogo maluco mate o bicho?

Toca o telefone.

— Sinto muito, doutor, mas acabo de ser informada que a ave já foi sacrificada.

Chico e Manéco

— Vamo pegá as roupa que sobrô e vamo lá prá casa do meu irmão, na cidade. Não esquece os bicho, que não vai deixá os pobrezinho pra trás, que eles vão morrê aqui sozinho. E a saudade deles que as criança vai sentir. Oras bolas! Pega eles e coloca tudo na carroça. Se não cabê tudo as tralha, não faz mal. Leva as criança e os bicho. Uns par de roupa tá bom. Dois dia a gente chega lá, né mesmo?

...

— Olha, tá parando um carro grande de polícia. Que maravilha. Quem sabe eles ajuda a gente a chegá mais logo, né mesmo?

— Pai, tô cansada e com fome. A gente não chega nunca!

— Calma, filha, agora a polícia chegô, vai ajudá. Olha que carro verde, grande, bonito, né mesmo?

— O que o senhor está fazendo com tudo isso aí em cima da carroça?

— Graças a Deus que o senhor chegô, seu guarda.

— Sargento! Sargento!

— Olha, melhor ainda, que é mais superior, né mesmo? Então, o senhor viu, né mesmo? Explodiu a barragem. Olha, seu Sargento, graças a Deus que a gente morava meio no alto. Porque na parte baixa dos sítio, nem as pessoa a gente acha mais. Não deu nem tempo de corrê. Foi uma coisa de louco, né mesmo? Estorô tudo. De quem é a barragem a gente não sabe, né mesmo? Deve ser do governo. Mas que levô tudo, levô, né mesmo?

— Posso saber o que o senhor está fazendo com isso tudo na carroça?

— Seu Sargento, então, a minha casa se foi nas água e por um milagre nós conseguimo subi correndo o morro pra lama não levá nóis também. Então o que sobrô, nós tamo levando lá pra casa do meu irmão, na cidade, que a minha caiu. Num tem jeito, né mesmo?

— E o que é isso aqui?

— Oras bolas, não é isso aqui, não. É o Chico. E esse aqui é o Manéco. O cavalo chama Alado. É bonito nome, né mesmo? Vi num filme quando eu era criança um cavalo que voava. Esse, quando era novinho, quase que voava, de tão bom. Mas ele ainda até que puxa a carroça, né mesmo? O cachorro chama Lobo. Parece lobo de verdade, né mesmo? É bom que ele vai sozinho, que a mulher, os três filho mais Chico e Manéco e as tralha molhada, até o Alado se cansa, né mesmo? Mas olha, que bom que o senhor chegô, que nós tamo numa cansêra que eu nem falo, que dia e noite nesse pé, subindo essa estrada que num acaba nunca... O senhor podia levá nóis para um descanso, que ainda tem chão até lá na cidade. Uma coisinha pras criança comê, também não era mau não senhor, né mesmo?

— Vou levar. Vou levar, sim, senhor!

...

— O que é isso, Sargento, agora o senhor me traz retirante para a delegacia, com carroça, cachorro e a tralha toda. O que significa isso?

— Comandante, boa noite. Esse senhor é, certamente, um traficante de animais silvestres e está disfarçando seu crime com essa cena ridícula. Ele transporta dois animais com ele. Veja o senhor mesmo.

— Sei. Vou ver.

— O que é isso aqui?

— Olha que esse negócio de chamá o Chico e o Manéco de "o que é isso aqui?" já tá começando a intrigá, né mesmo? Eu falei pro seu Sargento aí, que esse é o Chico e esse é o Manéco. O cachorro é o Lobo.

— Escrivão, por favor, registre o boletim de ocorrência: tráfico de animais silvestres. E providencie o recolhimento dos animais à quarentena e dos meliantes à carceragem, para averiguação da ocorrência. Verifiquem melhor essa carroça. Deve ter mais bichos escondidos no meio dessa tralha enlameada. Mas que disfarce!

— Pai, qui é tráfico de animais silvestres, quarentena, meliantes e carceragem? Hein, pai?

— Sei não, filho.

— Pai, tô com fome!

— Calma, filha! Eles já vai dá jeito de ajudá.

— Ei, ei, seu guarda...

— Sargento!

— Ei, ei, ei, seu Sargento, espera aí, onde o senhor vai com o Chico e o Manéco?

— Se esse menino continuar gritando, vocês vão ter mais problemas.

— Calma, filho! Chora não.

— Mas tão levando o Chico e Manéco, pai!

— Deve sê pra dá comida pra eles, que se nós tá com essa fome, eles também deve de tá, né mesmo?

— Certamente. Os animais vão à quarentena e serão bem cuidados, sim senhor.

— Tá vendo, filho. Olha, seu Sargento, o Chico gosta de pão molhado no leite, com pouquim de açúcar, viu? O Manéco come tudo que é fruta, mas ele gosta de misturá com arroz. É cada gosto, né mesmo? Pra nós um café com leite e um pãozinho na manteiga já caía bem, né mesmo?

— Mas cê tá doido, homem?

— O que foi, mulher? A criança também tá chorando aí no colo. Dá um pouco de peito pra ele.

— Cê não tá vendo que a situação aqui não é nada disso?! Não tem amizade com nós aqui não, meu filho. Cê não vê que aqui não é lugar de recebê bem? E eu vi na televisão que dona Zica deu mês passado pra nós e que já foi com a barragem, que meliante é bandido.

— Bandido, como assim?

— Bandido, uai. Gente que faz coisa errada e tem que ser preso.

— Mas o que nós fez de errado, mulher? Tamo indo pra casa do meu irmão. O que tem de errado nisso?

— Vamos, vamos. Todos lá para dentro.

— Ei, ei, ei! Não empurra não senhor. Calma, filho, não chora. É lá dentro onde? O senhor pode me dizê?

— Para a carceragem.

— Olha que isso tá começando a intrigá de verdade, né mesmo? E quê carcerage é essa?

— O senhor está preso, meu senhor! Por tráfico de animais silvestres. E vamos verificar as condições das crianças, que pode lhes ser imputado, aos adultos, maus-tratos também. As crianças vão para outra sala.

— Olha, olha, olha, mas vamo indo bem devagar com o andor, seu Sargento. Que negócio de animal silvestre é esse? Que eu nunca vi falá, e que maltratano as criança, o quê? Que quem tá fazendo eles chorá aqui é o senhor! Não tá vendo só? Né, Mesmo?

— Mas que bordel é esse aqui?

— Olha, mulher, mas que isso tudo intriga mesmo, né mesmo? Toda hora uma palavra nova, mas que lugar que é esse, mulher?

— Fica quieto. Não fala nada e segura as criança!

— Desculpe incomodá-la, Coronel, mas é que encontramos esses dois, com as crianças e animais silvestres, nessas condições. Disfarce puro para levar os bichos para a cidade. Usam as crianças. Pegamos eles no pulo. Vamos recolhê-los para interrogatório. Os animais já estão em quarentena. As crianças irão para o Conselho Tutelar.

— Num falei, mulher! Outra palavra...

— Fica quieto!

— Calma, Sargento. Muita calma! Por que você está chorando, querido?

— Olha, dona, num sei de nada, só sei que levaram o Chico e o Manéco e eu tô com uma fome danada.

— Sabe o que é, dona...

— Fica quieto, home! Quando ela te perguntá, tu responde.

— Eu também tô com fome, dona.

— Claro, querida... Sargento, o senhor me faça o favor

de comprar uns lanches de queijo e trazer uma garrafa de café e outra de leite quente para a minha sala. Comandante, por favor, traga todo mundo – as crianças também – para a minha sala.

— Mas, Coronel...

— Sem demora. Já. O senhor fica fora. Vou conversar com eles.

...

— Sargento, quantas horas o senhor tem trabalhado por dia?

— Como assim, Coronel? A senhora deseja saber exatamente...?

— O senhor acorda e vem direto trabalhar, não é isso?

— É claro, Coronel. De madrugadinha. E hoje estou de plantão 24 horas, direto.

— Sei. E o senhor não ouviu falar da barragem, Sargento?

— Que barragem, Coronel?

— Pelo amor de Deus, Sargento. A barragem que estourou antes de ontem e levou uma cidade inteira, mais um número enorme de propriedades e pessoas em outras localidades rurais distantes. Tudo destruído!

— Ah, é... Pois é... Ouvi, sim, claro. Mas isso não foi longe daqui?

— Exatamente. Longe, na região da barragem, senhor Sargento, que fica ao norte daqui.

— Mas o que esses traficantes têm a ver com isso, Coronel?

— Tem a ver que eles moravam bem no meio, entre a barragem e a cidade aqui ao lado, que é para onde esses infelizes estavam tentando ir, senhor Sargento, quando o senhor os identificou, sem dúvidas, como traficantes de animais silvestres, senhor Sargento!

— Calma, Coronel. Mas a senhora deveria compreender que nossa função...

— Não me peça calma e o senhor está querendo dizer, a mim, qual é a nossa função aqui? Eu entendi bem, senhor Sargento?

— Mas, Coronel, eu só queria dizer...

— Cale-se. Não tem nem "mas"... nem menos, senhor Sargento. Comandante!

— Pois não, Coronel?

— O senhor ouviu falar da barragem, comandante?

— Bem... Estou de plantão também, mas ouvi, sim senhora. É claro, Coronel. Um incidente terrível, Coronel. Até perguntei ao Sargento quando ele chegou com essa pobre gente se esses retirantes não seriam provenientes dessa região...

— Quando o senhor me perguntou isso? Mentira!

— Sargento, o senhor está retrucando? Como ousa retrucar um superior?

— Mas o senhor olhou os bichos e já foi indiciando...

— Senhores, silêncio. Informo-os que abrirei um procedimento de sindicância por comportamento abusivo: abuso de autoridade, truculência com menor e o diabo a quatro contra vocês e tem mais, seus estúpidos. Os senhores estão suspensos até a convocação do corregedor. Saiam da minha frente antes que eu os coloque numa quarentena de verdade! Fora daqui!

— Mas que traíra, hein comandante?

— Ahhh, Sargento. Me aguarde...

...

— Num falei mulher?! Tu é desconfiada. A justiça num falha.

— É, num falha não, né? Só que agora, a gente pegô a carona com aquele carro bonito, grande, verde, que puxô a nossa carroça e deixamo o Alado lá longe e pra gente continuá a viagem, nós tem que voltá tudo e buscá ele, porque se não, como é que nós vamo carregá as tralha, meu filho?

— Verdade. Que intriga, né mesmo? Fica aí com os menino, que eu vou e volto...

— Nem pensando! Não fico nesse lugar de jeito nenhum. Prefiro andá três dia sem pará. Vambora! Vambora! Arreia daí meu filho, vamo, que pobre só vive de azar!

— Mãe, mas e o Chico e o Manéco?

— Fica quieto você também, que agora quem tá na intriga sô eu! Deixa eles aí que essa tal de quarentena deve sê coisa boa. Fica bem quieto e se chorá de novo, apanha. Vambora, vamo, vamo!

Cocá

— Próximo, por favor.

— Bom dia.

— Seu bilhete aéreo e documento de identidade.

— Pois não. Aqui estão.

— Ok. Embarque em trinta minutos, pelo portão quatro. Boa viagem.

— Obrigado.

...

— Caramba, você viu aquilo na cabeça dele? Gringo é que gosta dessas coisas, mas o cara chama José Aparecido. Não parece nome de gringo. Uma identidade diferente a dele e está escrito que é brasileiro. Deixa quieto! Próximo passageiro.

...

— Por favor, removam moedas dos bolsos, cintos com fivelas e qualquer metal que tenha nas roupas e nos sapatos também, para passarem na máquina. Por favor, façam a fila à sua direita. Por aqui, por favor. Próximo. O senhor tem algo com metal no corpo?

— Não, senhor.

— E o que é isso na sua cabeça?

— Cocá. Não tem metal. Pode ficar tranquilo.

— Creio que o senhor não poderá embarcar com isso.

— E eu poderia saber por quê?

— Acho que tem que ter autorização. O senhor tem?

— Mas é claro. Só se usa o cocá com a plena autorização da minha tribo. Ele corresponde ao status de chefe da tribo, que é o que eu sou. Portanto, eu não poderia estar com ele se a minha tribo não o tivesse confeccionado e me ofertado em cerimônia, quando fui nomeado chefe. Compreende?

— Não, não. Não é dessa autorização que estou falando, é a autorização do pessoal da ambiental.

— Mas o que "o pessoal da ambiental" tem a ver com meu cocá?

— Está cheio de penas.

— É lógico. Se não tivesse penas não seria um cocá. Os tipos e cores, assim como o tamanho – tanto das penas, como do cocá, indicam o status daquele que o utiliza dentro da tribo. Como eu já disse, esse é um cocá de chefe. Porque eu sou o chefe da minha tribo.

— Sei. O senhor pode aguardar aqui no canto que vou chamar o pessoal da ambiental. Se o rapaz não tiver chegado – que às vezes eles só vêm à tarde – eu chamo a Federal mesmo. Eles devem saber dessa história melhor que eu. Mas acho que não pode embarcar com essas penas aí, não.

— Não são penas! É um cocá de chefe da tribo, que é o que eu sou. E eu tenho uma reunião importante para qual eu devo ir. Não posso perder esse avião. Portanto, seja breve.

— O senhor espera aí, tá bom?!

...

— Que coisa irritante, eu vou acabar perdendo o voo. Onde está o homem? Ah, lá vem. Até que enfim!

— É este cara aí. Ele diz que esse negócio na cabeça dele está autorizado pelo pessoal da tribo dele. Será que precisa autorização da ambiental, chefe?

— Mas é claro. Tem o selo no cocar, deixa eu ver.

— Opa! O senhor não toque nesse cocá. Ele é sagrado e somente eu e meus parentes podemos tocá-lo.

— Olha aqui, meu filho, isso aí foi feito com penas de aves. Se não tiver a autorização e o selo, você vai ter que tirar e ele fica retido aqui. E pronto, entendeu bem?

— Entendi, sim senhor, mas não concordo de jeito nenhum. Estou indo para um encontro de tribos, sou chefe da minha tribo e vou com meu cocá, que ninguém além de mim tem autorização para usar, como já expliquei para esse senhor aqui. Entendeu bem?

— Do que é feito esse negócio?

— O meu cocá, que não é esse negócio, foi feito de penas de aves, como o senhor mesmo acabou de dizer. São aves da minha tribo. Exatamente como o senhor está vendo. São penas, oras.

— E quantas aves vocês mataram para fazer esse seu "cocá", aí? Tem que ter a autorização. Isso é feito com penas de aves silvestres. Não pode, não mesmo!

— Mas quem disse que matamos aves? Essa é muito boa! O cocá começa a ser feito pela tribo quando a criança que será o próximo chefe nasce. Ele é feito aos poucos, com muito cuidado, as penas têm que ter as cores certas e os tamanhos certos. A tribo vai coletando e montando o cocá ao longo de anos. Não precisa matar ninguém. Esclarecido isso, o senhor faz o favor de me deixar passar que eu estou em cima da hora para pegar esse voo.

— Ah, não sei, não. É melhor você deixar isso aqui. Não vai embarcar sem autorização, de jeito nenhum.

— Não se aproxime do meu cocá, que isso pode dar problemas... E eu vou avisando que estou indo embarcar, que ninguém tente me impedir, que se não vai ter barraco aqui, como vocês, brancos, costumam dizer a toda hora!

— O senhor pare aí mesmo ou vou ter que detê-lo.

— Deter?

— Sim, deter: prender, colocar no xilindró. Entendeu?

— Eu sou índio, mas não sou burro. Eu sei muito bem o que significa "deter". O que não entendo é porque o senhor quer me deter, uma vez que já expliquei tanto como se faz o cocá, quanto a importância dele para nosso povo e, também, já expliquei que vou para uma reunião de chefes e eu tenho que estar com meu cocá.

— Você está preso. Vire-se, vou algemá-lo por desacato, e por portar adereço com penas de animais silvestres sem autorização.

— Não tente encostar as suas mãos em mim, nem no meu cocá.

...

— Bem, chefe, é só pagar a fiança e o senhor sai daqui.

— Mas que fiança? Se eu pagar, significa que concordo que cometi algum delito. Não, senhor.

— Mas, chefe, a gente fez a maior força para arrumar o dinheiro. O senhor é o chefe da tribo. Não pode ficar preso.

— Não cometi crime nenhum para ter que pagar para poder sair. Essa é a lógica. Se eu pago, concordo que fiz algo de errado e não fiz. Sou índio, tenho meu cocá e vou com ele para onde eu quiser. Não tem lei que me impeça. Quanto é a fiança?

— Dois mil, quinhentos e trinta e um!

— O quê? Você está doido. Com esse dinheiro dá para comprar a metade das vacinas para as crianças. Onde você arrumou esse dinheiro todo?

— O gerente do banco emprestou.

— Qual gerente? Aquele?

— Isso mesmo. Ele emprestou.

— Ora essa. E para a gente comprar as vacinas ele não quis emprestar.

— É, mas ele disse que quando o senhor saísse, ele ia estar aí na porta, para aparecer na TV e dizer que, com o apoio do banco, que "respeita as comunidades tradicionais", foi que o senhor conseguiu sair. Um tipo assim de merchandising, "que nem quando o ator da novela mostra o iogurte e fala que é gostoso", ele me disse.

— Certo. Agora, além do mais, eu fico comparado com um iogurte. E você aceitou isso?

— Claro, chefe, o senhor tem que sair daqui.

— Vou explicar outra vez. Eu não cometi crime, portanto, não pago fiança. Cadê o dinheiro?

— Está aqui. Eu já vou lá entregar para o delegado. Parece que tem um monte de papéis para assinar e o senhor tem que dizer que não vai sair do país, e que não vai sair da sua região de residência, porque o senhor está sob inquérito e, se sair, vai ser considerado foragido.

— É claro. Exatamente como um criminoso! Podia sair uma manchete assim: "Iogurte indígena preso na capital por tráfico de penas de aves silvestres em forma de cocar". Nada disso. Você pega esse dinheiro e compra as vacinas.

Emprestado está, a gente usa como quiser. Quando eu sair daqui o gerente do banco pode até aparecer na TV, mas o dinheiro vai para as vacinas.

— Mas chefe...

— Vai logo. E vê com aqueles babacas da ONG que a gente sabe que recebe um dinheirão para fazer umas oficinas educacionais que não educam ninguém, se eles não conhecem um advogado que também queira aparecer na TV. Eu mostro ele dizendo que esse sim, "é o cara", trabalhando gratuitamente em apoio às... Como é mesmo que o gerente falou que somos?

— "Comunidades tradicionais".

— É isso aí. Vai embora daqui. Compra as vacinas, leva para a tribo e liga logo para o moleque na ONG. Fala que pode vir todo mundo aparecer na TV. Eu espero. Não tenho pressa. Já perdi a reunião mesmo. Agora é só começar a juntar os urubus, para pegarem um pouco de carniça do "iogurte indígena" aqui e aparecerem na TV como bonzinhos. E eu ainda faço o papel de "pobre índio injustiçado pelo sistema". Vai. Compra as vacinas e liga pra o moleque que já já eu saio daqui. Você vai ver. Sou índio, mas não sou bobo, não. Vai logo e fala para o pessoal da tribo que não demora dois dias eu estou em casa e, ainda por cima, famoso. Vai dar na TV, pode crer.

A criança, o cachorro e o galo

— Seria demais, Excelência, acreditar que este senhor oferecia maus-tratos à criança e, que, mesmo assim, não há como imputar-lhe pena de pouco mais de dois anos de reclusão!

— São as regras do Código, meu filho.

— Não sou seu filho.

— Perdoe, senhor promotor. Mas é a diferença de idade. Cacoete.

— Sei, mas todas as provas foram apresentadas, laudos médicos e tudo. Durante um tempo considerável, esse carrasco se aproveitou da fragilidade da mãe da criança, que tinha que trabalhar e não tinha onde morar, e impôs um verdadeiro filme de horror às duas. Ameaçando a mãe e maltratando a criança diariamente.

— Senhor promotor, veja bem: estamos diante de um caso claro de perversidade. De atrocidade mesmo. Estabeleçamos a condenação dentro dos parâmetros do determinado em lei.

— Mas esse crápula vai ficar um tempo ridículo preso. E com todas as normas de bom comportamento, cursos que reduzem pena, trabalho dentro da prisão, etc. Em menos de um ano o homem subjugará alguém novamente!

— Dói, não é mesmo? Mas o que podemos fazer? O grande mérito das Instituições Republicanas consiste no respeito às leis. Todos são iguais perante a lei e devemos imputar as penas de acordo com as diretrizes dos Códigos Régios. É assim.

— E a criança, vale quanto para as "Instituições Republicanas"?

— Tanto quanto qualquer cidadão. O Estado e suas leis existem para protegê-las e assegurar-lhes vida digna e segurança.

— Sei, oferecendo uma pena de dois anos para um crápula que maltratou a criança durante um tempão? A criança está emocionalmente muito abalada. Todo o seu desenvolvimento emocional está comprometido.

— Isso é certo. Por essa mesma razão esta Corte estabeleceu ao Estado a obrigação de oferecer acompanhamento psicológico à criança.

— Ótimo. Eu gostaria de saber em qual endereço o Estado encontrará a criança e a mãe para poder oferecer tal tratamento, uma vez que elas não têm residência, já que fugiram da casa do agressor e não têm onde morar.

— Meu caro, parece-me que não compreendeu muito bem os itens da sentença! Elas vão para um abrigo público.

— Quando?

— Bem, assim que for localizada uma instituição que disponha de vaga.

— E enquanto isso?

— Enquanto isso, este Tribunal nada pode fazer, posto que exarou sua sentença e o Estado, no caso o Poder Executivo, tem a obrigação de cumpri-la com brevidade, em seus dois tópicos mais relevantes: destinar o condenado ao sistema prisional, o que será feito imediatamente após o encerramento desta sessão, e encaminhar as vítimas a um abrigo público, assim que houver vagas disponíveis, com posterior acompanhamento psicológico.

— Mas é incrível, essa espécie de monstro destrói tudo em que toca. Além de machucar a criança, esse sujeito até aos animais fazia mal! Além de traumatizada pelas próprias penas que viveu, a criança ainda viu o sujeito matar seu cãozinho a pauladas. E a obrigava a assistir à rinha de galos. Uma coisa terrível para uma criança dessa idade. Disso, ela não consegue se superar...

— Ôpa. Espera aí. Como é esta história? Por que razão isso não constou dos autos?

— Ora, o objeto aqui é o que ele fez à criança, não é mesmo?

— Mais ou menos. Tem como provar o que diz, senhor promotor?

— Mas é claro. Nem precisa chamar ninguém para depor. Olha aqui as fotos que tirou o vizinho que procedeu ao acolhimento da criança e veio a nós solicitar abertura de inquérito em defesa da mesma. Fiz uma pasta à parte, porque achei de uma crueldade.

— Deixe-me ver. Mas é ele mesmo!

— Grande surpresa. Quem fez o que fez com a criança e a mãe, faria o que com cachorros e galos de briga!

— Serão reabertos, imediatamente, os autos e refeita a sentença, acrescentando-se às denúncias ao réu, conforme estabelecido na Lei de Crimes Ambientais, as de maus-tratos a animais, referente ao espancamento do cão, e a de promoção e participação em prática ilegal envolvendo crueldade contra animais com vista à obtenção de vantagens financeiras, referente à briga de galos. Por estes delitos, o réu terá acrescida à sua sentença inicial de dois anos, um mês e três dias, decorrentes dos maus-tratos à criança e às ameaças à mãe, seis anos, sete meses e vinte e nove dias de pena de reclusão, em regime fechado e inafiançável. Pronto!

— Mas caramba, Meritíssima, com todo respeito. Os bichos valem mais que as crianças nessa "República"?

— O que você acha, meu filho? Sessão encerrada! Cumpram-se as determinações deste tribunal imediatamente.

As pessoas

Rapaz de bem

— Como vai o senhor? Tudo bem?

— Tudo bem, sim, senhor. Levando como Deus qué...

— Pois é, estou aqui para esclarecer que esse empreendimento vai prejudicar muito a comunidade.

— Bom, nóis mora aqui desde sempre e nunca fizeram nada pra ajudá a comunidade. Por que esse aí vai prejudicá?

— A natureza íntegra é a garantia da sobrevivência das futuras gerações. É a garantia da manutenção da vida humana no planeta e...

— Certo, certo. Muito certo. Mas, moço, o quê que é mesmo essa natureza íntegra?

— Oras, é a mata e os rios intocados, os animais livres e podendo se reproduzir, garantindo o equilíbrio da cadeia ecológica. Quem altera isso tudo, altera a vida no planeta.

— Entendi. Verdade mesmo! E a vida no planeta foi sempre assim, a mesma coisa, é? Sem sê alterada?

— Olhe. Preste bem atenção, meu senhor. Vocês, da comunidade, precisam se mobilizar. Não adianta só a gente, que é de fora, tentar ajudá-los, se vocês não lutam contra essa ameaça ambiental e social tão grave!

— E de fora de onde o senhor é?

— Da cidade. Estudo na universidade e sei a importância da preservação ambiental!

— Ah, e lá na cidade onde o senhor mora o planeta não foi alterado?

— Veja bem, o senhor é uma liderança. Se se entregar aos apelos falsos de que empreendimentos como esse podem trazer benefícios para as pessoas, o senhor estará compactuando com o sistema, que deseja só explorar e acabar com tudo para gerar lucro, entende?

— Mais ou menos. Lá na cidade onde o senhor mora, o planeta foi ou não foi alterado?

— É claro, mas é diferente.

— Diferente como? Tem lugar que o planeta pode sê alterado e tem lugar, longe de onde o senhor mora, que o planeta não pode sê alterado?

— Exatamente. O excesso de exploração da natureza para reprodução de um modelo de vida não pode ser indiscriminado, se não, o planeta não aguenta. O "modelo cidade" é muito danoso para o planeta.

— Entendi. Então tem lugar que não poderia mexê prá garantir o futuro do planeta, certo?

— Corretíssimo. Viu como conversando a gente se entende?

— Verdade mesmo. É bom sempre conversá. Isso é verdade, mesmo! E como seria o certo de se vivê, nos lugar que não pode mexê?

— Bem, sei que a situação econômica aqui é bem difícil. A agricultura familiar é predominante, não é mesmo? Esse modelo é muito bom. Porque a atividade agrícola familiar sustenta o núcleo da família e, por ser realizada em pequena escala, não afeta o meio ambiente de forma tão danosa e...

— Êpa! Sustenta o núcleo da família? Como que é isso?

— Oras, meu senhor, com os alimentos! A agricultura familiar como a realizada aqui na região fornece os alimentos, diversificados, em escala adequada à recuperação ambiental, pois a agricultura em escala industrial também causa grandes danos.

— O senhor acha que todo mundo precisa comê os alimento, aqui e lá na cidade onde o senhor mora também?

— Mas é claro, todo o ser humano tem o direito à alimentação, saúde e educação, em qualquer lugar, e, também, a viver num ambiente saudável, morar e viver bem. Está, inclusive, na lei. São direitos de todos.

— Tem lei que diz isso, é? Se todo mundo tem direito de alimentação, saúde e educação, aqui tá faltando as três coisa, sabia? Como é que a gente faz prá funcioná isso tudo?

— Ora, as leis são os instrumentos de suporte para que os cidadãos atinjam seus direitos, cumprindo seus deveres. É importante reivindicar seus direitos junto ao Estado para fazer valer as leis. Mas o que importa agora é que os cidadãos também têm o direito de rejeitar aquilo com o que não concordam, como é o caso desse empreendimento horrível, por exemplo.

— Gostei muito foi dessa história dos três direito aí. Se o senhor disse que todo mundo deve comê, lá na cidade também, e se não tem plantio na cidade e se o nosso plantio aqui, nos sítio, não dá nem prá gente comê, de onde vem a comida que é o direito do senhor lá na cidade?

— Bem, o senhor está começando a complicar a conversa, com esse monte de perguntas...

— Não, senhor, não é isso, não. É só que eu não sei mesmo! Então pergunto pra gente se entendê. Aqui ninguém é sabido que nem o senhor que é da universidade. Aqui nem escolinha tem, quanto mais universidade. Então, lá na cidade a comida vem de onde? Daqui não é, porque o que a terra dá não enche nem a barriga das criança. Tá tudo desnutrido. Só dá banana nas encosta dos morro.

— Certo! Vamos lá! Como o senhor deve imaginar, na cidade tem o comércio e os produtos vêm do campo e são vendidos nos mercados, feiras, etc. A gente compra e come.

— É bom mesmo esse jeito aí, viu!? Porque o plantio aqui não dá. E prá comprá precisa de quê?

— Como assim, precisa de quê? Para comprar, a gente precisa de dinheiro, oras!

— Pois é aí que eu tinha medo que o senhor chegasse. Porque aqui, a gente troca as coisa, quando dá. Mas como só dá mais é banana mesmo, a alimentação diversificada que o senhor falô fica meio difícil. Como é que faz prá tê o dinheiro?

— Bom, é lógico: tem que trabalhar. Mas eu é que não sei onde esse monte de perguntas vai dar, meu senhor!

— Tamo aqui analisando uma situação, né? Eu pergunto pra sabê, porque não sei. Então, tem que entendê as coisa e o senhor falô que não pode mexê no planeta, mas que lá na cidade, onde o senhor mora, pode e que todo mundo tem direito de comê, tê médico e escola. É isso mesmo?

— Mais ou menos. Quer dizer, são Direitos Universais.

— Então, pelo que eu tô entendendo, prá gente tê o direito universal de comê, lá na cidade, tem que tê o dinheiro, certo?

— Bem, veja bem...

— Tem ou não tem?

— Tem. Claro. Precisa de dinheiro na cidade porque não há áreas para plantio, mas aqui vocês podem plantar para comer.

— E se o plantio não dá, que nem aqui, que a gente se esfola prá fazê uma roça de feijão e de mandioca, mas a seca não deixa vingá, a gente teria que tê o dinheiro prá podê comprá a comida, não é assim?

— É. Está certo. Mas eu vim aqui conversar sobre o empreendimento, pois somos contra essa intervenção absurda sobre...

— Espera um pouco. Eu quero entendê dos tal três direito primeiro. Prá tê dinheiro, do que precisa mesmo?

— Precisa trabalhar. Já falamos dessa parte...

— Então, e se o senhor lá na cidade é da universidade e tem comida, se a gente pedisse pro governo pra pôr uma universidade aqui, a gente trabalhava que nem o senhor e tinha o dinheiro pra comprá comida. Achei bom. E como faz prá tê a parte da escola e do médico?

— Não, não, o senhor está confundindo as coisas. Eu só estudo na universidade. Eu não trabalho na universidade.

— Ué, então como é que o senhor compra a comida?

— Bom, é que...... Bem, meus pais trabalham.

— Ah! Isso tá muito certo. Nós aqui também trabalha na roça bastante e a comida vai primeiro pras criança. Se sobra a gente come. Gente boa seus pai. Gente boa.

— Certo, obrigado! Mas eu queria explicar os impactos do empreendimento sobre a vida da comunidade aqui e...

— Mas sabe o que é? Eu ainda não entendi bem a coisa dos três direito. Prá comê lá na cidade, precisa de dinheiro e prá tê dinheiro precisa trabalhá ou sê filho de quem trabalha. Nós aqui trabalha de sol a sol na roça, mas não dá dinheiro e nem comida pras criança. Onde que o pessoal trabalha, lá na cidade?

— Mas meu Deus, que coisa difícil! Nos empregos que tem lá na cidade.

— Ah! Então na cidade tem os emprego, que dá o dinheiro e as pessoa compra comida e é por isso que elas tem o direito universal de comê: porque tem o emprego. Entendi. Tá vendo? E a parte dos estudo e da saúde? Aqui também não tem. Lá na cidade tem?

— Meu senhor, o senhor está me tirando, não está?

— Tirando o quê?

— O senhor está zombando de mim.

— Não, senhor. É que eu não sei e queria sabê. Nesse fim de mundo a gente não sabe nada, não. Não tem luz, e a televisão, que diz que ensina as coisa pras pessoa, aqui também não tem. A gente ouve falá, sabe? Então eu pergunto prô senhor, que é da universidade, só prá sabê. Verdade mesmo!

— Está certo. Vamos lá. É que na cidade tem muita gente e o governo tem que colocar escolas e postos de saúde, hospitais e tal, para atender as pessoas que moram e trabalham lá. Mas o que importa agora é que se esse empreendimento vier para cá, vai vir um monte de gente estranha, vão alterar o modo de vida de vocês e isso vai ser muito mau, porque...

— E o que é que essa gente estranha vem fazê aqui?

— Trabalhar no empreendimento.

— Trabalhá? Então vai tê emprego?

— É, por vários anos vai ser necessário construir e, depois, terão que administrar, operar, entende? Isso atrai gente de fora e vocês não vão poder continuar com seu modo autêntico de vida!

— Modo autêntico de vida? E qual que é?

— Ora, a forma de convivência, as relações societárias entre os grupos tradicionais, a forma adequada de exploração da terra, pela agricultura familiar. Enfim, sua cultura será alterada e o meio ambiente também.

— Mas fala prá mim uma coisa: como que é o modo autêntico de vida lá da cidade, onde o senhor mora?

— Olha, o senhor é uma liderança aqui. Tudo o que o pessoal decide, pergunta para o senhor. O senhor influencia os jovens e se eles aceitarem esse empreendimento o futuro deles estará em risco!

— O pessoal me ouve mesmo. Verdade! É porque eu sô muito curioso e pergunto as coisa. E a única coisa que eu sei mesmo, é que não sei de nada, sabe, moço? Mas eu gostei mesmo muito dessa história dos três direito. Principalmente essa parte de comprá a comida. Jovem aqui tem pouco porque, ou não vinga, que morre ainda criança de barriga d'água, ou vai embora, atrás do tal emprego lá na cidade, onde o ambiente já tá alterado e as pessoa tem o direito de comê. Mas era bom não ir lá tão longe prá tê o direito de comê, o senhor não acha?

— Mas a cidade é um modelo insustentável ambientalmente e...

— O senhor sabe? De trabalho aqui ninguém tem medo, não senhor. Mas dinheiro mesmo é difícil de se vê. E o senhor disse que porque tem mais gente lá na cidade o governo tem que pôr posto de saúde e escola? É isso mesmo?

— Claro, o governo só trabalha pressionado sobre as demandas coletivas, pois não tem interesse na manutenção sustentável do território e somente atua de forma eleitoreira, e nas cidades estão os votos.

— Ah, sei. Eleição aqui também tem. Eles busca a gente com a Kombi. Mas posto e escola, não tem, não.

— Vamos mobilizar sua comunidade para fazer valer o direito da manutenção de seu modo de vida e a preservação da natureza desse lugar. É uma obrigação de cidadão...

— Cidadão?

— É! Aquele que faz parte do Estado, que vota, que usufrui de seus Direitos.

— Entendi. É isso mesmo. Vamos, sim.

— Que ótimo. Como vamos fazer a mobilização?

— Olha, eu gostei muito dessa conversa com o senhor. Entendi que se nós aqui tivé emprego vai podê comprá comida e tê o direito de comê, e se tivé mais gente, capaz de tê até posto e escola e os menino vai tê o direito de estudá e de ir no médico. Capaz de as criança deixá de morrê antes de crescê e que os maiorzinho num fica mais pensando em ir embora desse inferno. Quem sabe um dia tem até universidade, pra tê uns moço assim inteligente que nem o senhor prá me explicá as coisa. Gostei mesmo, viu? Muito obrigado. Vou falá com o pessoal dos três direito e dos emprego que vai vir. Eles vai gostá muito também.. Ah, isso eu tenho certeza mesmo.

— Mas e o empreendimento?

— Vou falá com o pessoal. Pode tranquilizá a turma lá na universidade, que nós entendeu tudo. Vamo atrás dos três direito.

...

— Alô! Oi, filho, onde você está?

— Credo, mãe, que dia! Viajei quilômetros e encontrei um capiau que só faz perguntas e não entende nada do que a gente fala. Nossa, que coisa irritante!

— Você não devia estar na faculdade?

— Mãe, o planeta está explodindo com essas loucuras que as empresas estão fazendo. Estou atuando, mãe!

— Sei. Mas você não acha que atuando assim vai acabar perdendo o ano?

— Pelo amor de Deus, eu não aguento mais uma única pergunta hoje! Por favor, você pode depositar uma graninha? Sabe o que é? Estou indo agora para o litoral numa manifestação contra aquela petroleira maldita e preciso colocar diesel no Jipe.

Terceiro andar

— Vamos tentar esse. Todo ferrado, o pessoal deve precisar de um pouco de Deus para se conformar.

— Tem até interfone. Não está tão mal assim.

— Arriscamos os de baixo, ou devemos começar pelos de cima?

— Pelos de cima, assim, se alguém abrir, a gente sobe e vai descendo, tocando nos outros de lá de dentro. Cansa menos que subir escada de picadinho.

— Por mim, tanto faz. Vamos lá, apartamento 33. Deve ser o último.

— Alô?!

— Bom dia, nós viemos trazer a Salvação...

— Graças a Deus que vocês chegaram. Subam!

— Putz, que fácil!

...

— Oi. Alô! Tem alguém em casa?

— É claro que tem, seu idiota, ela acabou de abrir pelo interfone.

— Modo de dizer, a porta está aberta e ela não está aqui.

— Vamos entrar.

— Minha Nossa! A mulher está caída. Minha senhora? A senhora está bem? Minha Senhora!

— Caramba, será que a velha está morta?

— Vamos logo, liga para o resgate.

— Meu celular está sem crédito.

— Tem um aí na mesa, liga logo. Acho que ela ainda está respirando...

— Central de Atendimento da Polícia, pois não?

— Olha, tem uma velha ...

— Idosa! Não fala velha que é feio.

— Tá. Tem uma idosa passando muito mal aqui, acho que teve um ataque, mas não sabemos o que foi. Pode ser do coração. Precisa vir alguém ver o que é. Levar para hospital, sei lá.

— Qual é o nome da pessoa, a idade e, por favor, o endereço completo?

— Bom, o nome dela eu não sei e nem a idade.

— Mas o que o senhor é dela?

— Nós levamos a Palavra de Deus, e aí ela abriu a porta e já estava caída quando a gente entrou.

— Quantas pessoas estão com a vítima?

— Duas. Eu e meu colega, meu irmão da igreja.

— Ah, sei. Então vocês estão dentro da casa de uma pessoa desconhecida, idosa, você diz que ela teve um ataque e que vocês estão aí dentro levando a Palavra de Deus, é?

— E o que é que tem?

— Qual o endereço, por favor, nós vamos enviar a polícia imediatamente ao local.

— Mas não é de polícia, é de médico que ela precisa. Ela está passando mal mesmo.

— Me dá esse telefone. Desliga isso.

— Agora eu não entendi. Por que você desligou? A mulher tá morrendo.

— Sei, e aí vem a polícia, e os dois bonitinhos aqui dentro. Eu acabei de sair de cana, e o mano lá na igreja...

— Não é mano lá na igreja, é o irmão da igreja.

— Sei. O irmão falou que dava para a gente ganhar uns trocados levando a Palavra e saindo com o cadastro da turma para eles mandarem o boleto do dízimo. Eu topei e daí essa velha resolve...

— É idosa. Falar "velha" é feio. Você acabou de me dizer.

— Sei, sei. Daí a idosa passa mal, empacota e nós dois aqui dentro. Fazendo o que, mesmo?

— Trazendo a Palavra, uai.

— Não vai colar. Vamos embora já.

— Mas a velha vai morrer! Vamos pelo menos chamar um vizinho.

— Nem pensar, nem pensar. Aí é que fica bom: o cara pega tudo e diz que foi a gente e nossa cara está bem estampada amanhã na telinha dos caras da polícia como suspeitos de roubo, homicídio, sei lá mais o que. Vamos embora.

— Caramba, cara, mas a velha ainda tá viva. E se ela morrer?

— Que Deus a tenha. Chispa daqui. Vai, vai. Sem fazer barulho.

Comunique-se

— Boa tarde. Por favor, sentem-se. Como vão? Tudo bem? O paciente é?

— Tudo bem... bem, não está, né, doutor. O paciente é o meu pai. Pai, fala com o doutor.

— Boa tarde, doutor. Quem não se comunica, se trumbica! Meu nome é Jessé, filho dileto de Jesus Cristo. Muito prazer. Vossa graça?

— Dr. Geraldo. O prazer é todo meu. Como assim, senhor Jessé, o senhor se diz filho de Jesus Cristo? E Jesus Cristo lá teve filhos, senhor Jessé?

— Mas é claro! Eu mesmo. Já disse Romanos, capítulo 10; Versículo 05: "Esse que é o filho do Senhor, trará o seu próprio filho à terra, para redimir os povos dos Comunique-se da Prefeitura". E ainda, Saulo, capítulo 43; Versículo 28: "O Filho de Deus Homem trouxe este seu Filho à terra para redimir os pecados do mundo e atender aos Comunique-se da Prefeitura". Pedro disse, no Capítulo 98; Versículo 74: "Quem não tiver fé, negará Comunique-se três vezes a esse que é, em realidade, o Filho do Filho de Deus, enviado à Terra para responder aos Comunique-se". Esse sou eu mesmo. Jessé da Silva. Nascido na Cidade de Belém, Estado do Pará, terra de meu Pai, Jesus Cristo, que foi enviado – por meio de Comunique-se trazido pelo Anjo Gabriel até São José – por Deus, o Todo-Poderoso, para penar e, com suas penas, redimir a Humanidade dos Pecados de não se comunicarem com a Prefeitura. Tá certo que meu avô adotivo, o José, foi pego meio de surpresa pelo Comunique-se, mas isso é O sinal: todos os fiéis são pegos de surpresa pelos Comunique-se, não é verdade? Mesmo destino a mim reservado por meu Pai e meu Avô de criação: Jesus Cristo e José, respectivamente. Por isso meu nome: Jessé: mistura de Jesus, com José. O cara que recebeu o primeiro Comunique-se da História da Humanidade. Entendeu?

— Entendi, sim, claro. Devo explicar a vocês as regras da clínica. Ele fica aqui uns tempos. Não tem dúvida.

— Veja, doutor, me importam pouco as regras da clínica. Quero saber se meu pai vai ficar normal de novo.

— Normal. Quem é normal?

— Bom, normal, assim, mais ou menos, que nem todo mundo, o senhor e eu, sabe?

— Certo, mas para ficar desse jeito, o que aconteceu com ele, exatamente? Ainda não entendo bem. O tal Comunique-se parece ser uma obsessão.

— Foram os Comunique-se.

— Os Comunique-se? E o que é isso?

— É que resolvemos fazer uma laje lá em casa, para cobrir a garagem e virar mais um cômodo em cima. Meu irmão mais novo ia se casar. Grávido. E precisava de lugar para ficar. Como conseguimos, depois de anos, regularizar o imóvel, que foi uma ocupação que meu avô fez há mais de 50 anos, mas naquele tempo não era bem um bairro, sabe? Fica na periferia, mas meu pai sempre viveu lá. A casa agora é boa, de alvenaria, virou bairro e tem asfalto, luz, telefone e tudo. Cada eleição eles põem uma coisa. Esgoto é que não tem, mas tem água e o pessoal da empresa lá colocou uns tubos e dizem que afasta o esgoto. A gente vê na conta de água um item "coleta de esgoto". A gente paga. Eu nunca entendi isso, mas então...

— Ô filho, também veio um Comunique-se dizendo que a água e o esgoto seriam "oferecidos" pelo Estado, mediante pagamento dos Comunicados, lembra, meu filho?

— Calma, pai, lembro, sim. Deixa eu falar com o doutor.

— Comunique-se! Eles sempre se COMUNICAM, como disse meu Pai e meu Avô! Selênios, Versículo 13; Capítulo 04: "Aos Fariseus, a comunicação será constante, para testar as qualidades e o temperamento do Filho de Deus Filho, e do Filho do Filho do Pai, na terra". Tudo está predestinado doutor Geraldo. Deus sabe o que faz. Como meu Pai, sempre soube. E meu Avô, que foi mais cruel. O meu avô de verdade, né? O Deus, porque meu avô adotivo, o José, só se ferrou. Então, meu avô original colocou a gente entre os homens. Crueldade pura. E manda a gente suportar a Via Crucis dos Comunique-se para salvar todos os nossos irmãos. E filhos.

— Senhor Jessé, pode falar, mas esclareço que não temos todo o tempo do mundo.

— Ah! Então o senhor tem um Comunique-se para responder e está com pressa, né?

— Não, senhor Jessé....

— Sei, doutor, mas a questão é essa. Meu pai não para de falar. E se vê agora como filho de Jesus Cristo. Caramba! O caso é que, como a gente queria fazer tudo certinho, já que antes das últimas eleições veio a regularização do bairro, e agora a gente tem até carnê de imposto para pagar, como já falei, a gente foi na Prefeitura ver o que precisava para fazer a laje, sabe?

— E seu pai veio parar aqui por causa da laje?

— Não. Caramba! O senhor que é o médico não entendeu? Foi por causa dos COMUNIQUE-SE!

— Também Deuteronômio disse, no Capítulo 04; Versículo 13: "Quando quiserdes cumprir a Lei dos Fariseus, pagarás com teu próprio sangue e ranger de dentes, pois tudo que fazem é Comunicar-lhes que nada podem fazer, que nada conseguirão dentro da Lei, ficando os féis à mercê da preguiça e da corrupção daqueles que dominam o Estado, os Fariseus".

— Não estou entendendo nada, mesmo!

— É simples, doutor. É que ele foi lá na Prefeitura pedir autorização para fazer a laje. Falaram que era fácil: tinha que apresentar o endereço, o carnê do imposto, a planta da casa, o desenho indicando onde era a laje e protocolar lá.

— E?

— E precisava também de uma tal de Anotação de Responsabilidade Técnica - ART. Que só engenheiro tem. Mas a gente mesmo ia fazer a laje, como fizemos todo o resto da casa. A gente não tem dinheiro para contratar engenheiro, e nem precisa, que eu e meu pai somos mestres de obra e a gente sabe fazer. Então resolvemos deixar pra lá e fazer a laje sem a tal da anotação técnica.

— E?

— E aí apareceu um fiscal lá, porque para pegar as informações tinha que preencher um papel com o endereço, e como a gente não voltou para entregar os projetos, desenhos e a tal anotação técnica, e sei lá mais o que, os caras foram lá em casa e a gente já estava batendo a laje.

— Nossa, essa nem Freud explica. E?

— Aí o fiscal interditou a "obra", como ele disse. Meu pai tentou explicar que era só uma laje, não era "obra", não, mas ele falou que ia ser publicado um COMUNIQUE-SE, e que a gente tinha que atender para poder continuar o trabalho. Parou tudo. Meu pai ficou nervoso e foi rezar. Ele é muito religioso, sabe?

— Minha Nossa Senhora, que história é essa?

— Sim, sim. Minha Avó, Maria Mãe de Jesus. Nossa Senhora para os mortais, também disse, segundo Matheus, Capítulo 04; Versículo 37, quando Jesus recebeu do Pai Eterno, Deus do Céu, o Comunique-se de suas penas: "Filho, tendes que cumprir todo esse calvário? É a vontade de Deus, mas podes acertar um advogado, um engenheiro e um mestre de obras e, quem sabe, possas ter penas menores que essas dores de redimir a Humanidade dos Comunique-se das prefeituras!" E Jesus disse, heroico, ainda segundo Matheus, Capítulo 04; Versículo 38: "Mãe, este é seu Filho, Filho, esta é sua Mãe. Jamais tenham em mente construir uma laje, Eu, seu filho e irmão venho vos dizer".

— Calma, pai. Deixa eu contar para o doutor. Ficamos com tudo parado, perdendo material na chuva, esperando o tal Comunique-se. Como não chegava nunca, meu pai foi lá ver. Eles disseram que a gente tinha que procurar no jornal do Diário Oficial. Eu nem sabia que existia isso. A gente lê o jornal *Notícias da Região*, e não saiu nada a respeito da nossa laje lá, sabe? Bom, daí um amigo meu da obra em que eu trabalho viu na internet o tal Comunique-se. Achou pelo nome do meu pai.

— E o que dizia o tal Comunique-se?

— O senhor quer dizer, o PRIMEIRO Comunique-se.

— O primeiro? Teve mais de um, então.

— Pois é, como disse antes: vários. Três, na verdade! Que nem a negação de São Pedro.

— Sim, o destino do Filho do Filho de Deus foi ter sido

negado três vezes, como seu Pai, para depois, seus Comunicados de amor a Deus terem chegado aos Céus.

— Tá bom, seu Jessé. Mas o que tinha de tão complicado nessa laje de vocês?

— Bem, isso aí até agora eu não sei. Sei que a "obra", como disse o fiscal, está lá parada, que meu irmão está morando com a mulher e o filho, que já nasceu, no meu quarto, estou morando no canteiro da obra em que trabalho agora, porque meu patrão é gente boa. E o meu pai ficou assim.

— Nossa, mas o que dizia o tal Comunique-se, agora estou curioso!

— Então, o primeiro falava umas coisas. Até decorei: apresentar a notificação do imposto do imóvel atual e dos lotes envolvidos. Mas a gente estava fazendo num lote só, não deu para entender, sabe? Tinha também que apresentar declaração assinada pelo proprietário e pelo responsável técnico da obra, de que serão atendidos os requisitos da Lei de Acessibilidade. Eu sabia disso por causa da obra em que trabalho, mas a tal acessibilidade não dava certo lá em casa, porque, é claro que a laje é na parte superior, e tem que subir a escada. A tal Lei de Acessibilidade exigia uma rampa com gradação regular para acesso a cadeiras de rodas. Tinha ainda que apresentar os desenhos das edificações existentes e comprovar sua regularidade, mas acontece que a casa, mesmo sendo regular (porque o deputado conseguiu fazer toda a gente do bairro pagar imposto antes da última eleição), ninguém tinha desenho, nem planta, nem nada. Tinha que apresentar também um tal de planialtimétrico e um tal de arbóreo existente. Sobre esses aí, o planialtimétrico e o de arbóreo existente, perguntei para o engenheiro lá de onde eu trabalho e ele disse que custava caro. Aconselhou a gente a ir lá conversar, e explicar que era só um puxadinho. Uma laje.

— E você foi?

— Meu pai foi de novo, coitado.

— E deu certo?

— Doutor, se tivesse dado certo, não estaríamos aqui.

— Me desculpe, mas é que isso é uma loucura!

— Exatamente!

— Continue.

— Aí, depois de meu pai ir lá, veio o segundo Comunique-se!

— Ai, ai, ai. E dizia o quê?

— Eu trouxe aqui. Vou ler: "Tendo em vista as alegações apresentadas, apresentar, para que a laje possa ser liberada, as seguintes informações: número de vagas complementares de veículos, uma vez que se trata de alteração da garagem para construção de laje; dentre as vagas, prever uma vaga de carga e descarga e vaga de acessibilidade para deficientes e demais portadores de restrições de locomoção; apresentar, em projeto, a acessibilidade da área objeto de aprovação – laje – sendo interditada, desde logo, qualquer intenção da edificação que exclua cadeirantes ou quaisquer outros portadores de limitações físicas ao acesso ao empreendimento proposto". E mais umas coisas: "Apresentar o Memorial Descritivo com as intervenções agressivas e as Medidas Mitigadoras propostas". E o tréco mais estranho é esse: "Apresentar Laudo Ambiental, nos termos do Artigo 902/1962 e vistoria do Corpo de Bombeiros, considerando os riscos inerentes ao projeto em tela".

— Só isso?

— Sem graça a piada, doutor.

— É que me parece tão doido isso. Me desculpe. Eu sempre tive aqui pessoas com traumas familiares, violências físicas, psicológicas, mas não esse tipo de coisas.

— Se prepare. Esse foi só o segundo Comunique-se.

— E vocês fizeram o quê?

— Bom, fomos lá, com uns desenhos que o engenheiro da obra me ajudou a fazer, tentar explicar para os caras que aquilo tudo que eles pediram não podia valer para a gente. Levamos as coisas que dava, para tentar fazê-los ver que aquilo não fazia sentido, sabe? Era só uma laje, numa casa de periferia.

— E aí?

— E aí Deus mostrou que o Filho do Filho de Deus foi fadado ao padecimento. Vindo à terra, esse pobre Filho de Jesus, Neto de Deus Pai Todo-Poderoso, Neto adotivo de José, um Santo – veio para sentir as agruras da dor dos Comunique-se. Veio sentir a morte em vida e a estupidez dos Fariseus...

— Calma, pai. Eu estou contando para o doutor o que aconteceu. Fica calmo.

— Meu filho. Você, que é o bisneto de Deus, ainda não compreendeu o predestino de sua estirpe?

— Compreendi, sim, pai. O predestino da nossa estirpe, de pobres, é não ter direito nem de fazer uma laje em casa...

— Mas você disse que foi só o segundo comunique-se. Eu não vou acreditar que teve mais.

— Como disse Jó, o mais Santo dentre os desconfiados crentes em Deus: Só acredito vendo.

— Calma, pai. Calma! O doutor não é Jó. Ele só está querendo saber...

— Deuteronômios, Capítulo 45; Versículo 32 diz: "Para que os gentios glorifiquem a Deus por sua misericórdia, eu te confessarei entre os gentios, e cantarei a teu nome. Alegrai-vos, gentios, com seu povo. Louvai ao Senhor. Todos os Comunique-se serão para a redenção de suas almas. Que assim seja, Amém!".

— Tá bom, a gente cuida dele. Mas me conta. Teve mesmo mais Comunique-se?

— Claro, doutor. Foi no terceiro que meu pai pirou.

— E dizia o quê?

— Bom, de cara repetia as mesmas coisas dos dois primeiros que a gente já tinha explicado, e ainda pedia mais coisas.

— Mas não é possível? Como assim?

— Está aqui também: "tendo em vista as alegações apresentadas nos dois anteriores processos, apresentar, para que a obra possa ser liberada, as seguintes informações: o quadro de áreas, que deve conter a área das edificações do terreno em uso, da mesma forma, os índices do projeto T.O; C.A, permeabilidade, cadastramento arbóreo etc".

— E o que vem a ser T.O e C.A?

— Pois, doutor. Até hoje não descobri. Mas a coisa continua: "apresentar Memorial Descritivo nos termos do DECRETO 675/1808 – período da chegada do Imperador – mas ainda em vigor; – manifestar, com testemunhas, a razão social do projeto proposto".

— E tem mais, doutor, mas deixa pra lá.

— Caramba, se eu passasse por isso, até eu ficava doido. Desculpe. Desequilibrado! Deixa seu pai aqui uns tempos. Vamos ver se ele se recupera. As visitas são abertas. Venha quando quiser.

— Tchau, pai. O Senhor vai ficar bem, tá bom?

— João, Capítulo 38; Versículo 46: "Jamais creia na sedição da alma. O Filho do Filho de Deus foi enviado de Belém para redimir os pecados de todos os citadinos que precisam de lajes. Que assim seja!".

— Ok, Senhor Jessé, vamos dar uma volta. Vou levá-lo ao seu quarto, ok?

...

— Doutor, chegou o pessoal para a autorização da remoção dos eucaliptos que estão podres. Eles dizem que não pode tirar.

— Mas vai cair tudo em cima da clínica!

— Mas dizem que não pode tirar.

— E se morrer gente? Danificar o imóvel? Tudo bem, para eles?

— Eles disseram que vão mandar um Comunique-se para orientar a manutenção das árvores.

— Comunique-se? Deus me livre! Se alguém aparecer com um papel desses, chamado Comunique-se, não recebam, não ponham a mão nisso, também não quero ninguém lendo o tal do Diário Oficial. Essas coisas enlouquecem pessoas. Fala para o seu Antônio bater "sem querer" a perua nas árvores. Eu pago do bolso o conserto do carro. Manda o cara derrubar as árvores de qualquer jeito. Acidente! Depois eu vejo o que faço. Se alguém receber um desses Comunique-se aqui, está demitido!

O furo

— Onde está o documento de autorização da obra que o senhor está realizando?

— Não é uma obra, não, senhor, é só um furo. Vem o técnico depois e leva um pouco de terra pra analisar.

— Mas tem que ter autorização.

— Pra fazer o furo?

— Sim. Quem é o responsável pelo serviço?

— Vou ligar... Espera aí.

...

— Oi, dona. Vem aqui que tem um fiscal dizendo que tem que ter autorização.

— Para quê?

— Pra fazer o furo.

...

— Boa tarde. O meu contratado disse que o senhor quer autorização para o furo?

— A senhora está realizando perfuração de solo em área de acostamento de avenida, portanto, área pública. É preciso autorização.

— Para fazer o furo? É isso mesmo?

— Sim, sim. O Departamento de Intervenções em Infraestrutura Urbana, por meio da Divisão de Furos e Ações Congêneres pode lhe passar os procedimentos.

— E isso demora? É só um furo na área do acostamento da avenida. E será protegido com uma tampinha de ferro de tudo. Caro, por sinal. Não vai incomodar ninguém.

— Como a senhora deve estar ciente, é dever do poder público zelar pela integridade das vias, que são patrimônio público, e pela segurança de veículos e pedestres e, um furo, afinal, pode provocar um grave acidente. Então, todos os procedimentos de segurança devem ser seguidos.

— Então quando a empresa de água, ou de telefone, faz aquele estrago enorme no asfalto e nas calçadas, e depois deixa tudo esburacado e a gente tropeça e quebra a perna, e o carro empena dentro da buracaria, a Divisão de Furos e Ações Congêneres deu a permissão?

— Minha senhora, cada macaco no seu galho. Ou a senhora apresenta a autorização, ou eu a multo.

— Tudo bem, tudo bem. Eu vou lá.

No Departamento de Intervenções em Infraestrutura Urbana, na Divisão de Furos e Ações Congêneres:

— Por favor, eu tenho que fazer um furo no acostamento de uma avenida para pegar um pouco de terra para analisar, porque, afinal, eu comprei um terreno onde já era um estacionamento e foi um fiscal, que era da Ambiental, como ele me disse, e falou que tinha notícias de que ali, antes do antigo estacionamento, foi uma oficina e que, então, tinha risco de o solo estar contaminado e que eu tinha que furar e analisar o solo para ter autorização para manter o asfalto que já está lá já faz bem uns 15 anos, e poder ter o meu alvará de estacionamento dos carros que sempre estacionaram lá, mas como o estacionamento era irregular, ele não tinha como fiscalizar antes. E agora que eu quero fazer tudo direito, ele me mandou fechar o meu negócio até ter o solo analisado para saber se ele vai ou não me dar a licença, porque se o solo estiver contaminado vou ter que tirar todo o asfalto e pôr um remédio lá, sei lá, remediar, como ele disse. Tem que furar dentro e fora do terreno, porque ele falou de uma tal de pluma de contaminação. Só tem pombas por lá, então eu não sei bem que pluma é essa, porque, que eu saiba, é ganso que tem pluma, mas sei lá, eles é que entendem de bichos, né? São da Ambiental. E depois vou ter que pedir autorização para asfaltar de novo, mas mantendo uma reserva legal com área verde, que não sei onde eu vou enfiar, porque todo o terreno é de estacionamento. Pensei em comprar uns vasos bonitos com azaleias. Ele também disse que pode custar caro esse negócio de remediar, mas acho que mais caro vai ficar tirar e depois colocar o asfalto de novo, o senhor não acha? Bom, também depende do remédio, né? Mas como eu quero ter todos os alvarás, direitinho, o que nunca ninguém pediu antes, eu tenho que pôr o tal remédio, e sem fazer o furo não dá para ver se o solo está com as penas ou plumas de contaminação e, portanto, não posso continuar com o negócio que o cara que me vendeu a área já tinha faz uns quinze anos, como eu já disse, mas como ele nunca perguntou para ninguém se ele podia ter um estacionamento lá, ninguém nunca disse nada e eu perguntei, então...

— Minha senhora, o que a senhora deseja, exatamente?

— Ah, sim. Eu preciso de uma autorização para fazer o furo. Como eu faço?

— Bem, primeiro a senhora solicita junto ao Departamento de Vias Pavimentadas a declaração de que a via onde o furo deverá ser feito é mesmo pavimentada, e está cadastrada neste departamento, pois se não estiver, pode ser que ela esteja cadastrada no Departamento das Vias Não Pavimentadas e o procedimento será outro.

— Mas é uma avenida enorme e toda pavimentada. Por que precisa de declaração para dizer que ela é o que ela é?

— São as normas. Caso emitida a declaração, a senhora deverá dirigir-se ao Departamento de Pedidos de Construção de Instalações.

— Não vou construir uma instalação, só vamos fazer um furo para pegar um pouco de terra e mandar analisar para ver se eles acham as penas nele, ou plumas, não sei bem...

— Minha senhora, trata-se de um próprio público e a senhora, com o furo, irá alterá-lo e, portanto, a ação é considerada uma instalação. Posso prosseguir?

— É claro, desculpe.

— Ao mesmo tempo, a senhora também protocola junto ao Setor de Tráfego de Vias Pavimentadas – se for mesmo considerada uma via pavimentada, não se esqueça disso – um pedido de autorização para a ocupação da via.

— Mas nós não vamos ocupar a via. É no acostamento, longe do tráfego e o serviço demora meia hora para fazer.

— A segurança é o que pauta todas as ações públicas e, por exemplo, seus operários podem ser atropelados enquanto trabalham, ou ocorrer algum abalroamento de veículos em razão das obras.

— Mas não é obra. É só um furo!

— Minha senhora, de qualquer maneira é preciso que o Setor de Tráfego de Vias Pavimentadas libere as diretrizes de sinalização e o projeto de contenção do tráfego. A senhora deve contratar um especialista em segurança de tráfego e elaborar um projeto a ser entregue ao Departamento de Tráfego de Vias Pavimentadas para aprovação. Caso aprovado, ele emitirá uma autorização para a ocupação da via. Então, a senhora deverá contratar outro especialista para implantar o sistema de sinalização e de contenção do trânsito previstos no projeto que foi feito pelo primeiro especialista e aprovado pelo setor público.

— Nossa! E aí, depois de tudo isso, poderei fazer o furo?

— Claro que não. O Departamento de Vias Pavimentadas deverá submeter a sua solicitação – que foi protocolada em paralelo à que a senhora protocolou junto ao Setor de Tráfego do Departamento de Vias Pavimentadas – no Setor de Despesas do Departamento de Vias Pavimentadas para verificar qual seria o valor a ser recolhido pela senhora, tendo em vista os custos de análise de toda a sua solicitação e....

— Espera aí! Eu vou ter que pagar por isso, também? Mas o que era um furo está virando um precipício! Para encontrar a tal pena, ou pluma, sei lá, tenho que contratar os caras que fazem o furo, a empresa que tira e analisa a terra, um projeto de sinalização e não sei mais o que, e tem que seguir diretrizes de sei lá quem e depois tem que contratar outro especialista para implantar o projeto com as diretrizes e, ainda por cima, tenho que pagar para o departamento público também? Mas o que é isso?

— É uma taxa aos cofres públicos pela despesa que a senhora está dando por fazer o furo na Via Pavimentada. Entendeu?

— Não. Se eu já tivesse feito o furo, recolhido a terra, tapado a furo e ido embora, ninguém teria prejuízo. Nem eu, nem a via pública...

— Minha senhora, devo esclarecer que, não só o não cumprimento da lei implica em punições severas, como também o desrespeito a funcionário público implica em sanções consideráveis ao cidadão que assim procede. A senhora me compreende?

— Me desculpe, não é nada pessoal, mas é que estou confusa e começando a achar que era melhor comprar uns carrinhos de sorvete.

— Caso a senhora deseje mudar de atividade, será necessário solicitar autorização ao Setor de Cadastro de Atividades Ambulantes para que seja analisada a possibilidade de emitir uma Autorização de Utilização das Vias Públicas para a Comercialização de Picolés.

— Não, não. Era só um devaneio. Depois do Setor de Despesas do Departamento de Vias Pavimentadas me dizer quanto pago, o que eu faço?

— Ah, sim. Continuemos. Estabelecido o custo pelo Setor de Despesas do Departamento de Vias Pavimentadas, o seu processo será encaminhado ao Setor de Emissão de Guias de Pagamentos. A senhora deve ir lá buscar o boleto e pagar no banco. Depois de realizado o pagamento, a senhora vai ao cartório e autentica duas cópias do boleto pago e protocola uma das cópias junto ao Departamento de Vias Pavimentadas e a outra cópia do boleto, com uma cópia do projeto de contenção do tráfego, a senhora protocola junto ao Subsetor de Controle do Trânsito nas Vias Pavimentadas, para eles analisarem. Lembre-se de guardar os originais, porque, tendo em vista a grande quantidade de solicitações de autorização, eles podem perder alguma coisa e a senhora terá os originais para protocolar de novo, entendeu?

— Não. Não entendi, não. Como pode ser que um ser humano faça uma peregrinação como essa e o senhor me diz que eles vão perder o meu processo?

— Não, minha senhora, pode acontecer de...

— E eu gastei tudo que tinha comprando o terreno para poder trabalhar, porque depois dos sessenta anos, nesse país, só se você for político para conseguir viver, que só eles têm um monte de aposentadorias acumuladas. A minha não dá nem para pagar os remédios, que tenho problema de coração. E vendi minha casa para comprar o estacionamento e poder trabalhar e vou ter que contratar o cara para achar a pena no solo, ou pluma sei lá, o outro para fazer o projeto de sinalização do trânsito, outro para fazer o furo para achar a pena, ou pluma. Aí tem a empresa para implantar o tal projeto do bloqueio do trânsito, sendo que o furo é no cantinho da pista e depois ainda tenho que pagar para você?

— Não é para mim, minha senhora, é para o Estado.

— É para o Estado pagar um monte de salários de um monte de gente que deixa essa cidade desabar com tanta construção ilegal e para pagar a corrupção desses políticos nojentos que deixam as pessoas morrerem no posto de saúde sem médicos e remédios e que roubam a merenda das crianças pobres e acham que elas não têm que ter aula boa e depois, ainda por cima, se tiver pena no buraco, vou ter que arrancar o asfalto, colocar remédio, colocar o asfalto de novo e comprar um monte de vasos de azaleias para ter uma reserva legal...

— Minha senhora, não chore. Não é tão complicado assim. O serviço público tem seus atos baseados no zelo pelo que é público e na racionalidade dos procedimentos. Minha senhora... MINHA SENHORA... MINHA SENHORA... Chamem uma ambulância, rápido!

Após sua morte, a ex-futura dona do estacionamento teve de esperar numa gaveta gelada por uma semana para ter seu corpo entregue aos familiares para o enterro, uma vez que o serviço funerário público estava em greve.

Posfácio

Não existe vida inteligente sobre a face da Terra.

Este livro foi publicado no outono de 2023

Ofício das Palavras
literatura a quatro mãos

www.oficiodaspalavras.com.br